AF381333

Analyse de l'œuvre

Par Natalia Torres Behar

L'Amour aux temps du choléra

de Gabriel García Márquez

lePetitLittéraire.fr

Rendez-vous sur
lepetitlitteraire.fr
et découvrez :

Plus de 1200 analyses
Claires et synthétiques
Téléchargeables en 30 secondes
À imprimer chez soi

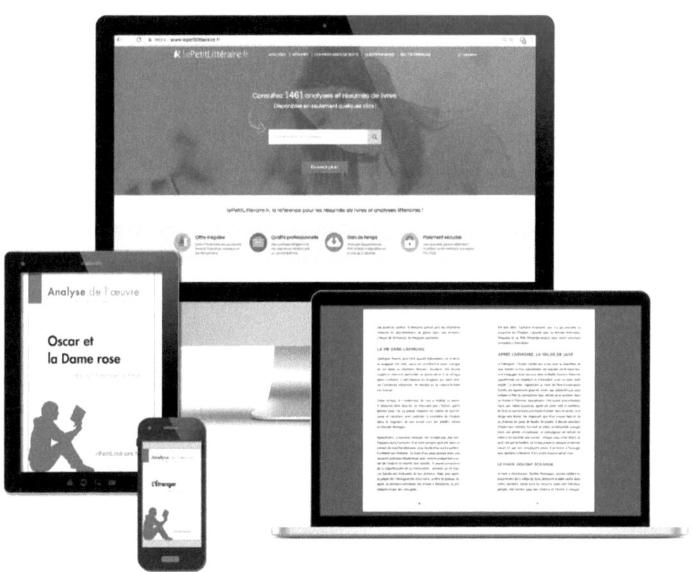

GABRIEL GARCÍA MÁRQUEZ   11

L'AMOUR AUX TEMPS DU CHOLÉRA   15

RÉSUMÉ   19

La jeunesse
L'âge adulte

ÉTUDE DES PERSONNAGES   27

Florentino Ariza
Fermina Daza
Juvenal Urbino de la Calle
Tránsito Ariza
Lorenzo Daza
Escolástica Daza
Hildebranda Sánchez
León XII Loayza
Leona Cassiani
América Vicuña
Bárbara Lynch

CARACTÉRISTIQUES DE L'ŒUVRE   37

Genre et style
Langage et forme

ANALYSE DES THÈMES ET CLÉS DE LECTURE 43

 L'amour comme maladie

 L'amour courtois

 Les éléments romantiques

 Florentino Ariza, Don Quichotte du XXe siècle

PISTES DE RÉFLEXION 53

POUR ALLER PLUS LOIN 57

GABRIEL GARCÍA MÁRQUEZ

UNE ŒUVRE PROLIFIQUE AU-DELÀ DU RÉALISME MAGIQUE

- **Né en 1927 à Aracataca (Colombie)**
- **Décédé en 2014 à Mexico (Mexique)**
- **Prix littéraires :**
  - Prix Nobel de Littérature (1982)
  - Prix Rómulo Gallegos (1972)
- **Autres titres :**
  - Docteur *honoris causa* de l'Université Columbia
- **Quelques-unes de ses œuvres** :
  - *Cent ans de solitude* (1967), roman
  - *Chronique d'une mort annoncée* (1981), roman
  - *Douze contes vagabonds* (1992), livre de contes
  - *Journal d'un enlèvement* (1996), reportage

Gabriel García Márquez nait à Aracataca, un petit village du département de Magdalena en Colombie, de l'union de Gabriel Eligio Garciá, télégraphiste conservateur et coureur de jupons et de Luisa Márquez, fille d'un colonel. Quelque temps après sa naissance, ses parents partent s'installer à Barranquilla et le laissent à Aracataca, où il est élevé par ses grands-parents maternels.

Durant son enfance et sa jeunesse, l'écrivain étudie dans plusieurs collèges dans différentes régions du pays et obtient son baccalauréat en 1947. Il emménage ensuite à Bogota où il entame des études de droit à l'Université nationale de Colombie. C'est à cette époque qu'il publie sa première nouvelle, *La Troisième Résignation*, dans le quotidien *El Espectador*. L'année suivante, en 1948, les émeutes du Bogotazo le forcent à quitter Bogota. Il continue alors ses études à l'Université de Carthagène, cherchant la reconnaissance de son père, jusqu'à ce qu'il abandonne et déménage à Barranquilla pour devenir journaliste. C'est dans cette ville qu'il aurait fait la connaissance du « groupe de Barranquilla », un groupe d'intellectuels qui aurait poussé l'écrivain à écrire des romans.

À partir de ce moment, García Márquez entame un long périple qui l'emmène dans plusieurs villes comme Carthagène des Indes, Paris et Mexico, où il passe la plus grande partie de sa vie. En 1967, son roman *Cent ans de solitude* le propulse sur le devant de la scène et devient l'un des livres les plus vendus. Son œuvre est traduite dans plus de 35 langues. En plus de son succès commercial, le Colombien devient l'un des écrivains les plus notoires d'Amérique latine et du monde. Il décède à Mexico en avril 2014.

SOURCE D'INSPIRATION

Le colonel Márquez, grand-père maternel de l'écrivain, s'oppose fermement au mariage de sa fille avec Gabriel Eligio García. Il finit par accepter des années plus tard, après que ce dernier ne cesse d'insister et d'envoyer des lettres d'amour à sa fille. Cette anecdote est cruciale pour l'écrivain colombien ; elle l'inspire à écrire, entre autres, son roman *L'Amour aux temps du choléra*.

L'AMOUR AUX TEMPS DU CHOLÉRA

L'AMOUR COMME FORCE ABSOLUE

- **Genre** : roman
- **Édition de référence** : *L'Amour aux temps du choléra*, Paris, Poche, 1992, 475 p.
- **Première édition** : 1985
- **Thèmes** : l'amour comme maladie, amour courtois, motifs romantiques, donquichottisme

L'Amour aux temps du choléra est un roman écrit par le Colombien Gabriel García Márquez en 1985. En raison de sa date de publication, ce livre fait partie de la période tardive dans laquelle l'auteur s'écarte du réalisme magique qui le caractérise tant au cours de sa rapide ascension vers la célébrité. Le roman constitue une réflexion sur le concept de l'amour et des relations humaines. Il associe les expériences et les sentiments les plus profonds des personnages aux caractéristiques populaires de ce concept et aux visions de l'amour inspirées de différentes périodes de la tradition littéraire occidentale comme le Moyen Âge et le romantisme.

L'histoire se passe à Carthagène des Indes au début du XXᵉ siècle et raconte la vie de Florentino Ariza et Fermina Daza. García Márquez inclut, de façon plus superficielle, d'autres thèmes récurrents au cours du roman, comme l'histoire de la Colombie, la guerre, la politique et la littérature. *L'Amour aux temps du choléra* est une œuvre qui se démarque par sa valeur esthétique, mais surtout par sa capacité à faire référence à d'autres auteurs et d'autres époques de la littérature occidentale.

RÉSUMÉ

L'intrigue tourne autour de la relation complexe entre Florentino et Fermina. Par facilité, nous la diviserons en deux étapes : la jeunesse, étape précédant le mariage de Fermina Daza et l'âge adulte, qui débute au lendemain de son mariage. Il faut toutefois noter que ce schéma linéaire ne respecte pas la chronologie de l'histoire qui fait des sauts entre le passé, le présent et le futur.

LA JEUNESSE

Florentino Ariza et Fermina Daza sont deux personnages originaires des Caraïbes de Colombie, vivant à Carthagène. Ils se connaissent depuis leur plus jeune âge. Après la mort de son père, Florentino Ariza doit apprendre à vivre par lui-même et devient assistant du télégraphiste Lothario Tugut.

Suivant les ordres de ce dernier, Florentino est envoyé à la maison de Lorenzo Daza, un chef d'entreprise veuf, originaire de Magdalena, au passé douteux. Lorenzo Daza vit avec sa fille

Fermina et sa sœur Escolástica, une vieille fille qui consacre sa vie à s'occuper de sa nièce. Pendant sa visite, le jeune Florentino rencontre Fermina. Le coup de foudre est immédiat et cet instant marque un véritable tournant dans sa vie.

Après plusieurs tentatives timides, Florentino décide d'envoyer une lettre d'amour à la jeune Fermina. Débute alors une relation sans beaucoup d'intérêts, fondée sur l'échange de lettres, de cadeaux et de promesses d'un amour courtois.

Un beau jour, le père de Fermina découvre la relation secrète des deux jeunes et, dans un accès de colère, renvoie sa sœur de chez lui, la considérant comme la première responsable de cette romance. Il emmène sa fille à Valledupar, puis à Riohacha, pour l'éloigner de Florentino et reprendre ses esprits. Pendant ce voyage, Fermina rencontre sa famille maternelle et crée des liens d'amitié avec sa cousine Hildebranda Sánchez qui dureront très longtemps. Elle garde en même temps contact avec Florentino et leur relation, malgré la distance, se consolide au travers de poèmes et de la promesse d'un mariage.

Quelques années plus tard, Fermina Daza retourne à Carthagène des Indes après un périlleux voyage en mer. Après des années d'attente, elle tombe nez à nez avec son amour de jeunesse dans une allée d'un marché. Cette rencontre est une désillusion ; Fermina se rend compte que l'image qu'elle avait construite de Florentino au cours de ces dernières années était basée sur la passion de jeunesse, la rhétorique poétique et la promesse de l'amour. Peu de temps après, elle décide de mettre fin à leur romance épistolaire : « en le voyant, elle s'est rendue compte qu'il n'était rien d'autre qu'une illusion[1] » (García Márquez 1992).

Parallèlement à la rupture, Juvenal Urbino de la Calle, le fils ainé d'une famille riche de Carthagène, arrive en ville. Le jeune garçon débarque au port de la ville après avoir terminé ses études de médecine à Paris et devient très rapidement une figure importante de Carthagène. Il se rend un jour à la maison des Daza sur demande de Lorenzo pour examiner l'état de santé de sa fille. Comme Florentino, il tombe immédiatement sous le charme et la personnalité de Fermina Daza, qui finit par l'obséder. Il décide alors de l'épouser.

---

1. Les citations traduites dans cette fiche ne sont pas officielles.

Avec l'aide de Lorenzo Daza, Juvenal met en marche son plan pour conquérir Fermina. Contrairement à Florentino, celui-ci est marqué par la rationalité, la maturité et une détermination plus réaliste que celui de Florentino, bien plus rhétorique, romantique et platonique. Malgré sa réticence du début, Fermina Daza finit par accepter la demande en mariage, marquant la fin de la période de jeunesse pour le futur couple.

Pendant ce temps-là, Tránsito Ariza, préoccupée par le chagrin d'amour de son fils, demande de l'aide à León XII Loayza, devenu président de la CFC suite à la mort de son frère, le père de Florentino. Celui-ci a pitié du jeune homme et lui propose de travailler dans le bureau de télégraphe de Villa de Leyva, un village situé à cinquante jours de Carthagène dans l'intérieur des terres, pour occuper ses pensées.

Florentino quitte Carthagène en bateau, maudissant son destin. Durant la traversée, il se retrouve seul face à lui-même, ses complexes et ses innombrables sentiments. Il souhaite sa mort, la mort de Juvenal Urbino et celle de Fermina Daza pour l'avoir tant fait souffrir. En chemin, il rencontre une mystérieuse femme qui l'entraine dans sa chambre et lui vole sa virginité, lui faisant découvrir les plaisirs corporels qui lui serviront de remède pour surmonter son chagrin d'amour pour le restant de ses jours. À la moitié du voyage, il décide de rentrer à Carthagène pour faire fortune, devenir célèbre et regagner ainsi le cœur de Fermina.

L'ÂGE ADULTE

Fermina et Juvenal deviennent rapidement un couple adoré de tous pour leur prestige et leur soutien aux arts. Juvenal, de nature progressiste, aide au développement de la ville. Fermina est toujours à ses côtés et devient, avec le temps, la femme somptueuse dont son père a toujours rêvé : un exemple pour les autres femmes de l'aristocratie colombienne et ce, malgré son origine modeste.

Le couple entretient une relation stable et de longue durée de laquelle naissent deux enfants : Marco Aurelio Urbino Daza et Ofelia Urbino Daza. Ensemble, ils mènent une vie tranquille, parfois mise en danger par des discussions sur le mariage et sur l'infidélité de Juvenal avec une patiente métisse, Bárbara Lynch. Mais tout prend fin lorsque, par un dimanche de Pentecôte, Juvenal Urbino décède après être tombé d'une échelle alors qu'il tentait d'attraper un perroquet.

Florentino Ariza se consacre, de son côté, à gravir les échelons de l'entreprise de son oncle avec l'aide de Leona Cassiani avec qui il entretient une étrange relation amoureuse. Il se retrouve finalement à la tête de la compagnie à la mort de León XII. L'ascension et le prestige qu'il obtient après des années de travail se voient petit à petit dévorés par son chagrin d'amour et le décès de sa mère, la seule femme à qui il confiait sa souffrance et qui le soutenait coute que coute. La douleur le pousse à chercher la tranquillité aux côtés de plusieurs amantes qu'il rencontre au cours de sa vie, de tous âges, classes sociales et ethnie, jusqu'à atteindre plus de 600 conquêtes.

Lorsqu'il apprend la mort de Juvenal, Florentino comprend que c'est le signe qu'il a attendu toute sa vie pour être aux côtés de Fermina. Il entame donc sa deuxième tentative pour la conquérir. Avec du temps, de la patience et de la sagesse, il parvient à nouer des liens forts avec la veuve et devient un soutien nécessaire pour elle qui tente de surmonter son chagrin suite au décès de son mari. Ils vieillissent ensemble et, amoureux, décident d'entreprendre la traversée du fleuve sur l'un des bateaux de la CFC que dirige Florentino.

Pendant le voyage, le couple se retrouve et consolide son amour tel une romance de jeunesse. Arrivés à destination, Florentino demande au capitaine de hisser le drapeau du choléra pour qu'ils puissent faire la traversée du retour seuls, sans aucun autre passager et ainsi prolonger leur lune de miel. Alors qu'ils arrivent au port de Carthagène, le capitaine fait comprendre à Florentino que les conséquences de leur mensonge ne sont pas faciles à gérer. Florentino lui répond qu'ils feront la traversée une seconde fois et qu'ils prolongeront leur lune de miel, ce moment de liberté absolu pour célébrer leur amour et ce, jusqu'à la mort.

ÉTUDE DES PERSONNAGES

FLORENTINO ARIZA

Florentino est l'un des personnages principaux de *L'Amour aux temps du choléra*. L'histoire s'écoule le temps de la vie de ce personnage, soit, pendant un demi-siècle. Ainsi, parler de Florentino, c'est parler d'un personnage qui, au cours de la narration, change constamment aux niveaux physique, mental et émotionnel mais conserve un seul et unique objectif : conquérir Fermina Daza.

Florentino est le fruit d'un adultère commis entre Pío V Loayza et Tránsito Ariza. Ce fils illégitime ne sera jamais reconnu par son père même si ce dernier est économiquement responsable de lui. C'est un homme timide, au caractère sombre, qui se démarque des autres par son style vestimentaire et son allure vieux jeu plus proche du XIXe que du XXe siècle. Son apparence n'est pas particulièrement attirante et fait quelque peu pitié, mais cela lui permet d'entretenir des relations avec plusieurs femmes au cours de sa vie. Bien qu'il ne soit pas beau, il accorde une grande importance à son physique, il se parfume et fait de son mieux pour être toujours bien apprêté. Il entend fuir le temps et ses ravages pour être dans les meilleures conditions possibles pour retrouver son amour. Florentino est reconnaissable par ses vieilles lunettes, ses redingotes de poète, son chapeau démodé qu'il porte pour dissimuler sa calvitie précoce et son parapluie sombre qui lui donne l'air d'un vampire.

Dès son plus jeune âge, Florentino est un fervent amateur de littérature. Cependant, malgré son intérêt démesuré pour celle-ci, il ne parviendra jamais à distinguer une bonne poésie d'une mauvaise et lit les deux de la même façon. Pour surmonter son chagrin d'amour, il se met à écrire des poèmes et exprimer ses sentiments. Sa poésie est très rhétorique et les mots utilisés renvoient davantage à des symboles et d'idées qu'à des d'actions et des faits. Cette caractéristique marque surtout sa jeunesse et s'amoindrit avec l'âge. Toute sa vie, Florentino sera un homme maladif dont les symptômes du chagrin d'amour se confondront souvent avec ceux du choléra.

FERMINA DAZA

C'est autour de ce personnage que tourne l'histoire de *L'Amour aux temps du choléra*. La vie des autres personnages dépend de ses décisions et de sa volonté. Fermina est la fille d'un riche chef d'entreprise, originaire de Magdalena, dont les affaires sont douteuses. Sa mère est décédée lorsqu'elle était encore très jeune et elle est élevée par sa tante paternelle, Escolástica Daza.

Le portrait physique de Fermina est principalement construit dans la partie sur sa jeunesse, à travers les yeux de Florentino Ariza qui la considère comme la femme parfaite et l'amour de sa vie. Fermina est une femme attirante dégageant une aura d'autorité et d'élégance qui en fait rapidement une référence pour les autres femmes de sa classe sociale. Mais, au-delà de son physique, c'est surtout sa personnalité qui la démarque des autres.

Fermina a un caractère fort et orgueilleux qui oblige les gens de son entourage à laisser leurs arguments de côté et à lui donner raison. Cela se remarque notamment dans sa relation avec son mari, Juvenal Urbino de la Calle, avec qui elle discute très souvent et finit généralement par avoir le dernier mot. Elle est souvent considérée comme rebelle en raison de sa volonté de toujours être libre et de décider de son propre destin. Cette conviction détonne toutefois avec sa sagesse, fruit de la maturité et de la rationalité, qui en fait une figure de soutien importante pour les personnes qui l'entourent. L'un des plus gros problèmes de Fermina est son incapacité à faire face aux sentiments de culpabilité et sa tendance à dissimuler ses peurs et ses peines par des crises de colère.

JUVENAL URBINO DE LA CALLE

Juvenal est le mari de Fermina Daza et l'un des hommes les plus importants et reconnus de la ville de Carthagène. Fils ainé d'un couple d'aristocrates colombiens, il est envoyé en Europe après avoir obtenu son baccalauréat pour étudier la médecine, une tradition que la famille Urbino perpétue depuis de nombreuses années. Son père décède au cours d'un voyage en essayant de guérir les épidémies de choléra dans les Caraïbes.

Juvenal est un homme attirant avec beaucoup de prestance et d'élégance. Durant sa jeunesse, il est le célibataire le plus convoité de toute la région. Comme son épouse, il devient un exemple à suivre au sein de la communauté carthaginoise, où il se démarque par son talent de médecin grâce aux méthodes innovantes françaises mais aussi, et surtout, par sa vision progressiste et civilisatrice du monde. Juvenal entreprend divers projets pour revitaliser et améliorer sa ville, dont la construction d'un aqueduc et l'instauration des Jeux floraux. C'est un homme profondément religieux qui vit sa vie justement, à l'exception de sa relation adultère avec Bárbara Lynch. Il déteste les animaux et trouve ironiquement la mort à cause de son seul animal de compagnie, un perroquet.

TRÁNSITO ARIZA

Tránsito est la mère de Florentino. C'est une femme célibataire qui tient une modeste mercerie. Son commerce sert de couverture à une maison de prêteur sur gage où les aristocrates ruinés viennent vendre leurs bijoux pour conserver leur niveau de vie. Tránsito Ariza consacre sa vie à s'occuper de son fils et, lorsqu'elle apprend l'amour qu'il éprouve pour Fermina, fait tout pour l'aider à la conquérir et à leur construire une maison qu'elle achète avec ses économies.

Avec le temps, Tránsito commence à perdre la mémoire et la raison, jusqu'à confondre son identité avec celle de Cucarachita Martínez, un personnage de contes pour enfants. Elle décède subitement, victime d'une crise cardiaque.

LORENZO DAZA

Lorenzo est un chef d'entreprise qui fait fortune grâce à la contrebande et des affaires louches. Après la mort de son épouse, il entend faire de sa fille, Fermina Daza, une femme importante et de grande classe et arrange donc son mariage avec Juvenal Urbino. Il s'exile finalement dans son village natal car ses affaires illégales ont été dévoilées au grand jour. Mais grâce à son beau-fils Juvenal qui s'arrange en faisant jouer ses relations haut placées, il est finalement sauvé.

ESCOLÁSTICA DAZA

Escolástica est la sœur de Lorenzo Daza. Célibataire, elle consacre sa vie à la religion et à sa nièce. C'est un mentor, une seconde mère et une confidente. C'est à elle que se confie Fermina sur sa romance fugace avec Florentino et c'est elle qui s'occupe de faire passer les lettres d'amour entre les deux jeunes amants. Lorsque son frère le découvre, il la renvoie de chez lui et elle disparait pour toujours.

HILDEBRANDA SÁNCHEZ

Hildebranda est la cousine de Fermina. Elles se rencontrent lors d'une visite de Fermina dans la ville de Valledupar. Elles deviennent très vite des amies intimes dont la relation durera toujours. Hildebranda est l'une des seules amies de Fermina qui ne disparait pas avec le temps et une personne qui lui offre un soutien inconditionnel tout au long du roman, même dans les moments les plus difficiles. Elle épouse un militaire et a plusieurs enfants.

LEÓN XII LOAYZA

Oncle de Florentino, León devient le président de la CFC après le décès de son frère, une fonction qu'il occupera presque toute sa vie. Il fait partie de ceux qui aident Florentino dans son ascension sociale et économique et le nomme président de la CFC après avoir appris qu'il allait bientôt mourir. Il décède dans une exploitation en dehors de la ville, aux côtés de son neveu.

LEONA CASSIANI

Leona est une femme métisse que rencontre Florentino dans un tramway et qu'il entend ajouter à sa liste de conquêtes. Toutefois, leur relation ne se concrétise pas et Leona demande à Florentino un poste à la CFC. Avec le temps, elle gravit les échelons de l'entreprise et gagne le respect du président León XII. Comme Tránsita avant elle, Leona finit par avoir comme seul objectif d'aider Florentino et de jouer le rôle de sa deuxième mère. Elle est en partie responsable de son ascension au sein de la CFC.

AMÉRICA VICUÑA

América est la petite protégée de Florentino qui lui sert de tuteur. Ils se rencontrent alors qu'elle passe son baccalauréat et que lui est déjà dans une période de déclin. C'est la dernière amante du personnage avant qu'il retrouve sa bien-aimée, Fermina. Elle se donne la mort en apprenant leur relation.

BÁRBARA LYNCH

Bárbara est aussi une femme métisse. C'est une patiente de Juvenal et la seule personne qui parvient à briser son droit chemin. Ils entretiennent une relation qui va durer environ quatre mois et qui va générer l'un des plus gros conflits au sein du mariage de Juvenal et Fermina.

CARACTÉRISTIQUES DE L'ŒUVRE

GENRE ET STYLE

La question inévitable à poser lorsque l'on parle de García Márquez est de savoir si l'œuvre appartient ou non au réalisme magique, mouvement qui lui est toujours associé. Il faut toutefois noter que la question ne se pose pas pour toutes ses œuvres.

Dans le cas de *L'Amour aux temps du choléra*, nous entrons sur un terrain presque inconnu du réalisme magique. Même si les métaphores et les images qu'utilise García Márquez peuvent être considérées comme exagérées et même surréalistes, cette œuvre se différencie totalement des précédentes. Au lieu d'utiliser des images littéraires pour décrire les objets du monde tangible, il les emploie pour parler de la complexité de l'amour, un concept abstrait qui rapproche l'œuvre de la longue tradition littéraire occidentale.

Ce caractère intertextuel est sans doute l'une des caractéristiques les plus importantes du roman. L'on devine une conscience, tant chez les personnages que chez le narrateur, de la tradition littéraire qui s'exprime de deux manières :

- Par le biais de références directes à d'autres auteurs dans le roman-même, comme Proust (García Márquez 1992) et Conrad (García Márquez 1992), et au siècle d'or espagnol (García Márquez 1992) ;
- Par l'intégration d'éléments romantiques, comme le phare (García Márquez 1992) ou le voyage, que l'on retrouve à plusieurs reprises, et par l'incorporation d'éléments propres à la tradition de l'amour courtois, comme les promesses d'amants, l'échange de lettres, de mèches de cheveux et l'idéalisation de l'amant.

Le roman fonctionne comme un catalogue d'amour où sont présentées différentes histoires autour de ce sentiment. Il propose également une réflexion sur l'amour qui change en fonction des circonstances, comme l'âge et le temps.

Réalisme magique

Le réalisme magique consistait, au départ, en une forme narrative propre à l'Amérique latine et en un outil qui permettait à celle-ci de développer son propre modèle littéraire, différent de celui des Européens. Mais au lieu de cela, ce mouvement est devenu un produit de consommation culturel du monde industrialisé. L'une de ses caractéristiques les plus importantes est la narration de situations réelles et très compliquées de par leur complexité, la politique et leur violence extrême, voire invraisemblable.

À ses débuts, García Márquez s'inspire de la littérature de Faulkner et connait un grand succès avec *Cent ans de solitude* (1967). C'est à cette époque-là que l'on retrouve chez lui le réalisme magique. On note, dans cette œuvre, un exemple classique d'une situation propre à ce mouvement : l'élévation de Remedios la belle comme métaphore de sa mort. Ces éléments s'atténuent toutefois avec le temps dans l'écriture de García Márquez, qui devient beaucoup plus journalistique et proche du réalisme.

LANGAGE ET FORME

Le roman est divisé en six chapitres. En analysant sa structure, il en ressort l'une des caractéristiques propres à la littérature de García Márquez : l'utilisation de temps non linéaires. *L'Amour aux temps du choléra* se situe dans un lieu spécifique (Carthagène des Indes et les Caraïbes de Colombie) et à une époque spécifique (un laps de temps d'un peu plus d'un demi-siècle). Cependant, le narrateur prend la liberté de raconter l'histoire en mélangeant les époques, en faisant des sauts entre le passé, le présent et le futur et entre les différents espaces qu'occupent les personnages. Dans cette mesure, l'histoire de Florentino et Fermina est construite telle un souvenir précédant leurs retrouvailles et le développement de leur relation une fois le couple plus âgé.

Le narrateur est une personne tierce qui s'immisce constamment dans les pensées des personnages. Cette technique est importante car elle permet de faire des sauts temporels. Toutefois, il ne s'agit pas d'un narrateur omniprésent car il est soumis à l'action des personnages.

Ceci ouvre la porte à une autre caractéristique importante : la narration à caractère cinématographique où le narrateur suit les personnages tel une caméra. L'on note également des descriptions détaillées de l'environnement et de l'ambiance. Par conséquent, le lecteur découvre un langage prolifique dont les voix des personnages perdent leur importance face au bruit de l'environnement. Pour comprendre la polyphonie de l'œuvre, prenons l'exemple de la visite de Fermina au marché : « elle s'immisça dans le brouhaha chaud des cireurs de chaussure, des vendeurs d'oiseaux, des libraires, des guérisseurs et des vendeurs de sucreries annonçant haut et fort les cocadas à l'ananas pour les petites filles, à la noix de coco pour les plus fous et à la canne à sucre pour Micaela » (García Márquez 1992).

Une autre caractéristique qui ressort de ce roman est le style propre de García Márquez qui s'oppose à sa vocation de journaliste : l'écrivain écrit toujours des phrases et des paragraphes très longs, séparés par des virgules plutôt que des points et remplis d'adjectifs et d'allitérations. Ce style confère à l'œuvre un ton musical qui privilégie la description à l'action et rend la narration très visuelle.

ANALYSE DES THÈMES ET CLÉS DE LECTURE

Comme nous l'avons dit plus haut, *L'Amour aux temps du choléra* est un roman qui traite essentiellement de l'amour. Il présente, tout au long de l'histoire, différentes façons de comprendre ce concept complexe. Voici certaines des plus importantes :

L'AMOUR COMME MALADIE

L'amour vu comme une maladie est l'une des plus vieilles caractéristiques de la littérature occidentale. Elle remonte à la Grèce antique, à l'époque où des écrivains comme Euripide, et particulièrement son œuvre *Hippolyte*, l'ont considéré pour la première fois comme une métaphore. L'image devient une tradition qui se perpétue notamment à l'époque du siècle d'or espagnol et du romantisme. L'amour est considéré comme une maladie car il est capable de déformer la réalité : l'amoureux/se voit sa/son bien-aimé(e) comme la personne la plus extraordinaire au monde, il/

elle perd la raison et souffre terriblement. Cette image a donné lieu à la croyance de l'amour comme une passion qui provoque la souffrance.

Dans le cas du roman de García Márquez, l'association de l'amour à une maladie est flagrante, comme en témoigne le titre qui les aligne en une phrase. La comparaison entre l'amour et le choléra est récurrente, surtout chez Florentino dont les symptômes amoureux sont semblables à ceux de cette maladie : « Mais l'examen montra qu'il n'avait ni fièvre, ni douleurs et la seule chose concrète qu'il ressentait était le besoin urgent de mourir. Il passa un examen insidieux [...] pour prouver une fois de plus que les symptômes de l'amour sont identiques à ceux du choléra » (García Márquez 1992).

Les conséquences de cette comparaison sont importantes. Par exemple, considérer l'amour comme une maladie signifie que l'on n'a aucun contrôle sur nos rapports à l'amour ou sur la personne de qui l'on va tomber amoureux. Comme le choléra à l'époque du roman, c'est une épidémie dont on ne peut guérir. Lorsque Juvenal apprend la mort de Jeremiah de Saint-Amour, il réfléchit au respect et arrive à la conclusion que « parmi les innombrables suicides dont il se souvenait, celui-là était le premier au cyanure qui n'avait pas été causé par les dégâts de l'amour » (García Márquez 1992).

L'AMOUR COURTOIS

Le concept de l'amour se développe au cours du roman de différentes manières ; des réflexions du narrateur et des personnages aux modèles de la tradition littéraire. Parmi ces derniers, l'on retient l'amour courtois, qui est sans doute le plus évident et récurrent. Il s'agit d'un concept littéraire propre à la littérature médiévale qui présente l'amour de façon sublimée, noble et chevaleresque ; un amour qui se manifeste rarement physiquement et qui réside plus dans l'abstrait et l'idéal. Les relations amoureuses courtoises ont été comparées, par les critiques, aux relations d'allégeance où la femme joue le rôle du mari et où celui-ci est soumis à ses exigences.

L'amour courtois en tant que tradition a établi quelques pratiques au sein des couples, comme l'échange de lettres, de cadeaux, de promesses et la réalisation de prouesses épiques. Dans le roman, l'on retrouve plusieurs d'entre elles dans la relation naissante entre Florentino et Fermina, notamment l'échange de lettres d'amour. L'une des références les plus directes est l'échange de mèches de cheveux, l'élément courtois par excellence : « Ce fut lui, et non elle, qui eut le courage de déposer une mèche de cheveux aux côtés de la lettre, mais il n'obtint jamais la réponse souhaitée, une mèche de la tresse de Fermina Daza » (García Márquez 1992).

Ces modèles sont présentés sous forme de dualité. D'un côté, la notion de l'amour selon Florentino, assez anachronique, surtout dans sa jeunesse, est une combinaison de traditions littéraires. Florentino fait attention à son langage, aux formes rhétoriques et poétiques de l'amour et il le vit avec un sentiment surréaliste. D'un autre côté, la notion de l'amour pour Fermina devient, avec les années, de plus en plus pragmatique, rationnelle et basée sur les aspects plus populaires de l'amour, comme la coexistence.

LES ÉLÉMENTS ROMANTIQUES

Ceux-ci constituent un autre trait de l'intertextualité qui s'ajoute aux références de l'amour courtois.

Le romantisme

Le romantisme est un mouvement artistique et culturel qui nait en Europe et qui arrive sur le continent américain au XVIIIe siècle. Il se développe en réaction au rationalisme qui domine l'époque, fruit de mouvements tels que le siècle des Lumières en France. Le romantisme consiste en une philosophie de vie structurée qui prône l'individualité, la créativité, l'art, le nationalisme et le folklore, entre autres. Parmi les valeurs romantiques, nous retenons surtout la nostalgie et la mélancolie. Deux tendances sont nées de ce mouvement : un retour aux formes classiques de la Grèce antique et le culte des souvenirs de l'enfance. Les écrivains romantiques s'opposent à leur propre époque car leurs logiques esthétiques et leur vision de la réalité sont propres à un temps antérieur qu'ils aimeraient retrouver.

De même, le romantisme se caractérise par l'usage récurrent de certains éléments littéraires : le voyage, la passion amoureuse, la nostalgie et la mélancolie, le *locus amoenus* (lieu idyllique), la nature comme force dévastatrice ou encore l'idéalisme.

Parmi les grands auteurs romantiques, nous retenons Goethe, Lord Byron, William Wordsworth, John Keats, Mary Shelley et José de Espronceda.

Les caractéristiques du romantisme se présentent de différentes manières, comme l'utilisation d'images romantiques, des références directes à des œuvres romantiques espagnoles et la construction des personnages.

La nature est présentée dans ce roman selon la vision romantique, soit, par le biais de la coexistence entre la beauté absolue et la force destructrice. Les personnages, notamment Fermina Daza lorsqu'elle est aux côtés de Florentino Ariza, sont décrits dans des lieux idylliques qui donnent lieu à une expérience presque divine, que l'on appelle *locus amoenus*. Cependant, la nature peut aussi se montrer cruelle et impitoyable, même dans les moments d'amour, comme en témoignent plusieurs situations auxquelles doit faire face Florentino. De ses escapades romantiques au phare au milieu de tempêtes dévastatrices à ses promenades sous la pluie à la recherche de l'image de Fermina, toutes deviennent maladives.

En outre, nous remarquons des gestes romantiques par excellence chez Florentino Ariza : sa vision et son expérience de l'amour sont anachroniques, elles appartiennent à des lieux et des temps qui ne correspondent pas au sien, ce qui explique pourquoi il se heurte aux autres personnages et au monde dans lequel il vit.

FLORENTINO ARIZA, DON QUICHOTTE DU XXE SIÈCLE

Même si nous pourrions considérer l'esprit de Florentino comme étant totalement romantique, il est également possible de comparer ce personnage à Don Quichotte de la Mancha, l'exemple type de la tradition littéraire hispanophone. Fruit de l'imagination de Miguel de Cervantes, Don Quichotte est un petit noble qui vit dans la province de La Mancha dans l'Espagne du XVIIe siècle. Il passe ses journées à dévorer des livres chevaleresques de sa gigantesque bibliothèque, jusqu'à perdre la raison et se prendre pour un chevalier. À partir de ce moment, Don Quichotte est capable de déformer la réalité pour l'adapter à sa nouvelle identité chevaleresque. Cette idée de transposer la fiction à la réalité est devenue ce que l'on appelle le donquichottisme, en hommage au personnage de Cervantes.

Une fois que nous comprenons cela, il ne semble pas inapproprié d'affirmer que Florentino use du donquichottisme. Ce personnage construit sa vie autour de l'amour mais celui-ci, au lieu d'être un sentiment inhérent, se révèle un produit historique et littéraire : « Ce fut la source originelle des premières lettres à Fermina Daza, des lettres qui contenaient des tirades entières de romantiques espagnols qui traitèrent du sujet jusqu'à ce que la royauté les oblige à s'occuper de questions plus pragmatiques que les peines de cœur » (García Márquez 1992). L'amour démesuré de Florentino est le produit de son envie de lire. C'est la raison pour laquelle, durant presque toute sa vie, ses sentiments sont fondés sur la poésie et la rhétorique, loin de l'amour réaliste qu'attend Fermina.

Au lieu d'aimer Fermina, Florentino aime l'idée
d'être amoureux et celle de l'être selon ses conditions à lui, selon la poésie.

PISTES DE RÉFLEXION

QUELQUES QUESTIONS POUR AP-PROFONDIR SA RÉFLEXION...

- Bien que *L'Amour aux temps du choléra* soit un roman d'amour, d'autres thèmes sont abordés dans l'œuvre. Le sont-ils de façon directe ou indirecte ? Quelles métaphores, images ou références sont utilisées pour les aborder ?
- L'une des caractéristiques les plus importantes de Fermina est son caractère. Comment est représentée la femme tout au long de ce roman, comparée à Fermina ?
- Quelle image du genre féminin l'œuvre propose-t-elle ?
- Tout au long de l'histoire, l'amour est comparé à la maladie, et surtout au choléra. À quoi d'autre l'amour est-il comparé dans ce roman ?
- Est-il possible de faire une comparaison entre Florentino Ariza et Werther ? Choisissez deux personnages d'autres romans, séries télévisées ou films et comparez-les à Florentino. Justifiez votre réponse.

- Le roman est construit de façon à ce que la chronologie soit cyclique, permettant de faire des sauts entre le passé, le présent et le futur. Dans quels autres aspects remarquez-vous ce caractère cyclique ? Y a-t-il un élément récurrent chez plusieurs personnages ?

Votre avis nous intéresse ! Laissez un commentaire sur le site de votre librairie en ligne et partagez vos coups de cœur sur les réseaux sociaux !

POUR ALLER PLUS LOIN

ÉDITION DE RÉFÉRENCE

- García Márquez G., *L'Amour aux temps du choléra*, Paris, Poche, 1992, 475 p.

ÉTUDES DE RÉFÉRENCE

- Kemper Columbus C., *Faint Echoes and Faded Reflections: Love and Justice in the Time of Cholera*, Twentieth Century Literature, vol. 38, n° 1, 89-100. Consulté le 12 octobre 2016. http://faculty.winthrop.edu/kosterj/engl618/readings/marquez/columbusFaintEchoesCholera.pdf

- Monroy Zuluaga L., *Acercamiento a luchas axiológicas en* El amor en los tiempos de cólera *de Gabriel García Márquez*. Université de Tolima. Consulté le 12 septembre 2016. https://pendiente-demigracion.ucm.es/info/especulo/numero40/axioggm.html

ADAPTATIONS

- *L'Amour aux temps du choléra* de Mike Newell, avec Javier Bardem, Giovanna Mezzogiorno et Benjamin Bratt, Espagne, New Line Cinema, 2008.

SUR LEPETITLITTÉRAIRE.FR

- Guide de lecture de *Cent ans de solitude* de Gabriel García Márquez.

- Guide de lecture de *Chronique d'une mort annoncée* de Gabriel García Márquez.

Retrouvez notre offre complète sur lePetitLittéraire.fr

- des fiches de lectures
- des commentaires littéraires
- des questionnaires de lecture
- des résumés

ANOUILH
- Antigone

AUSTEN
- Orgueil et Préjugés

BALZAC
- Eugénie Grandet
- Le Père Goriot
- Illusions perdues

BARJAVEL
- La Nuit des temps

BEAUMARCHAIS
- Le Mariage de Figaro

BECKETT
- En attendant Godot

BRETON
- Nadja

CAMUS
- La Peste
- Les Justes
- L'Étranger

CARRÈRE
- Limonov

CÉLINE
- Voyage au bout de la nuit

CERVANTÈS
- Don Quichotte de la Manche

CHATEAUBRIAND
- Mémoires d'outre-tombe

CHODERLOS DE LACLOS
- Les Liaisons dangereuses

CHRÉTIEN DE TROYES
- Yvain ou le Chevalier au lion

CHRISTIE
- Dix Petits Nègres

CLAUDEL
- La Petite Fille de Monsieur Linh
- Le Rapport de Brodeck

COELHO
- L'Alchimiste

CONAN DOYLE
- Le Chien des Baskerville

DAI SIJIE
- Balzac et la Petite Tailleuse chinoise

DE GAULLE
- Mémoires de guerre III. Le Salut. 1944-1946

DE VIGAN
- No et moi

DICKER
- La Vérité sur l'affaire Harry Quebert

DIDEROT
- Supplément au Voyage de Bougainville

DUMAS
- Les Trois Mousquetaires

ÉNARD
- Parlez-leur de batailles, de rois et d'éléphants

FERRARI
- Le Sermon sur la chute de Rome

FLAUBERT
- Madame Bovary

FRANK
- Journal d'Anne Frank

FRED VARGAS
- Pars vite et reviens tard

GARY
- La Vie devant soi

GAUDÉ
- La Mort du roi Tsongor
- Le Soleil des Scorta

GAUTIER
- La Morte amoureuse
- Le Capitaine Fracasse

GAVALDA
- 35 kilos d'espoir

GIDE
- Les Faux-Monnayeurs

GIONO
- Le Grand Troupeau
- Le Hussard sur le toit

GIRAUDOUX
- La guerre de Troie n'aura pas lieu

GOLDING
- Sa Majesté des Mouches

GRIMBERT
- Un secret

HEMINGWAY
- Le Vieil Homme et la Mer

HESSEL
- Indignez-vous !

HOMÈRE
- L'Odyssée

HUGO
- Le Dernier Jour d'un condamné
- Les Misérables
- Notre-Dame de Paris

HUXLEY
- Le Meilleur des mondes

IONESCO
- Rhinocéros
- La Cantatrice chauve

JARY
- Ubu roi

JENNI
- L'Art français de la guerre

JOFFO
- Un sac de billes

KAFKA
- La Métamorphose

KEROUAC
- Sur la route

KESSEL
- Le Lion

LARSSON
- Millenium I. Les hommes qui n'aimaient pas les femmes

LE CLÉZIO
- Mondo

LEVI
- Si c'est un homme

LEVY
- Et si c'était vrai…

MAALOUF
- Léon l'Africain

Malraux
- La Condition humaine

Marivaux
- La Double Inconstance
- Le Jeu de l'amour et du hasard

Martinez
- Du domaine des murmures

Maupassant
- Boule de suif
- Le Horla
- Une vie

Mauriac
- Le Nœud de vipères

Mauriac
- Le Sagouin

Mérimée
- Tamango
- Colomba

Merle
- La mort est mon métier

Molière
- Le Misanthrope
- L'Avare
- Le Bourgeois gentilhomme

Montaigne
- Essais

Morpurgo
- Le Roi Arthur

Musset
- Lorenzaccio

Musso
- Que serais-je sans toi ?

Nothomb
- Stupeur et Tremblements

Orwell
- La Ferme des animaux
- 1984

Pagnol
- La Gloire de mon père

Pancol
- Les Yeux jaunes des crocodiles

Pascal
- Pensées

Pennac
- Au bonheur des ogres

Poe
- La Chute de la maison Usher

Proust
- Du côté de chez Swann

Queneau
- Zazie dans le métro

Quignard
- Tous les matins du monde

Rabelais
- Gargantua

Racine
- Andromaque
- Britannicus
- Phèdre

Rousseau
- Confessions

Rostand
- Cyrano de Bergerac

Rowling
- Harry Potter à l'école des sorciers

Saint-Exupéry
- Le Petit Prince
- Vol de nuit

Sartre
- Huis clos
- La Nausée
- Les Mouches

Schlink
- Le Liseur

SCHMITT
- La Part de l'autre
- Oscar et la
  Dame rose

SEPULVEDA
- Le Vieux qui
  lisait des romans
  d'amour

SHAKESPEARE
- Roméo et Juliette

SIMENON
- Le Chien jaune

STEEMAN
- L'Assassin
  habite au 21

STEINBECK
- Des souris et
  des hommes

STENDHAL
- Le Rouge et
  le Noir

STEVENSON
- L'Île au trésor

SÜSKIND
- Le Parfum

TOLSTOÏ
- Anna Karénine

TOURNIER
- Vendredi ou
  la Vie sauvage

TOUSSAINT
- Fuir

UHLMAN
- L'Ami retrouvé

VERNE
- Le Tour
  du monde
  en 80 jours
- Vingt mille
  lieues sous
  les mers
- Voyage au
  centre de
  la terre

VIAN
- L'Écume des jours

VOLTAIRE
- Candide

WELLS
- La Guerre des
  mondes

YOURCENAR
- Mémoires
  d'Hadrien

ZOLA
- Au bonheur
  des dames
- L'Assommoir
- Germinal

ZWEIG
- Le Joueur
  d'échecs

ISBN version numérique : 9782808003582
ISBN version papier : 9782808003599

Dépôt légal : D/2017/12603/709

Conception numérique : Primento,
le partenaire numérique des éditeurs.

Ce titre a été réalisé avec le soutien de la Fédération Wallonie-Bruxelles, Service général des Lettres et du Livre.